Os sete bichos da Primeira Terra e suas sombras

Josely Vianna Baptista

Ilustrações de Sandra Jávera

Publifolhinha

O mais estranho foi quando a coruja me perguntou se a sombra dela estava azul. Logo a coruja, que não abria o bico à toa... Foi muito estranho, pois sombras não são azuis, sombras são cinzas.

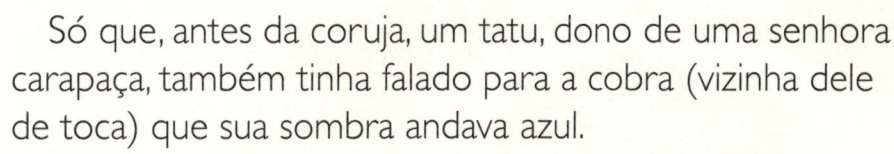

Só que, antes da coruja, um tatu, dono de uma senhora carapaça, também tinha falado para a cobra (vizinha dele de toca) que sua sombra andava azul.

Até a cobra, sempre quieta no seu canto, acabou tagarelando e disse ao tatu que não era só ele, não, que estava com a sombra azul. O gafanhoto, o besouro, a cigarra e o inhambu também estavam.

— Todos eles. Menos eu — disfarçou a cobra, colocando a língua dupla para fora.

Esse assunto, é claro, assombrou a floresta. Uns bichos se escondiam, assustados. Outros faziam festa, deslumbrados. Uns poucos, pensativos, tentavam jogar luzes sobre o mistério.

— Se as sombras são azuis, eu sou um sabiá — resmungou a coruja antes de ir dormir.

Fiquei com aquilo na cabeça. Naquela noite, sonhei com um grande acontecimento.

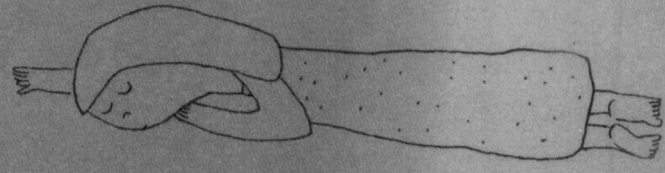

Do escuro mais escuro foi surgindo um mundo. Era a Primeira Terra, que um vento tempestuoso tentava arrastar para o espaço profundo.

Mas palmeiras azuis seguravam essa Terra, enquanto o vento frio ficava ali, rondando, indo e vindo, furioso.

Pude sentir o cheiro de chuva que está longe. As nuvens cor de chumbo passavam sobre mim. Nem os uivos do vento me assustavam mais.

Comecei a andar pela Primeira Terra como andamos nos sonhos. Meus passos eram leves, eu quase flutuava.

"Vou procurar um rio" – pensei, morta de sede.

Caminhei numa paisagem de pedras e areia e, de repente, vi a cobra pendurada: com a ponta da cauda enroscada num galho, a mboia se admirava no espelho da água.

O ipê-roxo soltou flores secas no rio, e a sombra cinza da cobra ficou meio lilás.

Quando ela percebeu que eu estava perto, espichou a cabeça e se largou do galho. Nem bem tocou o chão, saiu em zigue-zague, veloz, veloz, veloz, deixando só um rastro.

— Sssssssssssss.

Um vento levantou restos leves da pele que ela tinha soltado.

Sempre de roupa nova, a cobra foi o primeiro bicho que deixou na Terra as suas sobras.

No meu sonho, o rio corria sobre pequenas pedras, e o som que ele fazia não era um murmúrio nem um barulho.

"Murmulho" – imaginei, deitada no chão, de olhos fechados.

De repente, escutei um lamento estridente, tão vibrante que as folhas pareciam farfalhar e falar com o vento.

Procurei entre os galhos de onde vinha esse som e vi a *yrypá*, a cigarra de asas cor de brasa, escalando uma casca.

— Tri, tri, tri, yry-yyyyyyyyyy...

O primeiro som que ouvi nessa Terra foi o choro cantado da *yrypá*.

Por que será que a cigarra chorava? Por que será que ela cantava até se acabar?

A sombra da cigarra de asas cor de brasa era de um cinza suave, de dia de chuva, de cisco, de chuvisco.

Ainda não existia chuva na Primeira Terra. Água existia, é claro. Bebi água do rio. Andei dentro do rio. Nadei. Vi plantas coloridas no fundo do rio. Joguei pedrinhas na água:

– Ploc!

Foi ali perto que conheci um pequeno besouro, o *yamai*, o grande "senhor das águas".

Falando em silêncio, como só acontece em sonhos, o *yamai* me contou que tinha criado os lagos, os rios e os mares. Que sua missão estava cumprida. Que agora queria morar na lagoa, em cima de um aguapé, ou num rio qualquer.

— Mas no mar, não. Isso não. O mar é muito salgado — disse em silêncio.

Então o *yamai* subiu num caniço e ficou quieto se olhando na água do lago.
— Será que ele vai jogar pedrinhas lá do alto para borrar seu reflexo acinzentado?

Árvore era o que mais tinha na Primeira Terra.
Saí voando entre guapuruvus,
ipês, pindobas, açaís.
Pousei ao pé de uma sibipiruna.

De repente, topei com um filhote de tucura, um gafanhoto, que estava começando a semear os campos.

Era só ele fincar as patas de trás num lugar, e ali já iam brotando tufos de capim biurá. As sementes grudavam em suas patas, e, como ele não parava, não demorou e ficamos cercados de campinas.

Era tanto capim que, às vezes, o gafanhoto embaraçava as patas naquela maçaroca. Sua sombra parecia um novelo cinzento.

— Que alvoroço: será que ele vai acabar com as florestas?

Mas, quando viu muitas clareiras verdes na mata escura, a tucura parou de plantar e saiu chilreando, *chiriri, parãrã*, dando uns pulos malucos, *chiriri, parãrã*, entre as folhas finas, *chiriri, parãrã*, do capim biurá.

De tarde, a Terra estava quieta, até que uns pios e pipios animaram o campo:

— Pi-pi-pi, pri-priiiiiu...

Um inhambu vermelho cantava e ciscava, num vaivém sem fim.

Ao voar, suas asas pareciam fogo, mas, se ele farejava um pingo de perigo, já corria a se meter nas moitas.

Imitava as cores do mato e fazia sua plumagem virar um esconderijo.

Veio um redemoinho e ele correu para catar gravetos e proteger seu ninho no capim rasteiro.

O cinza de sua sombra era triste. Mas os pios do inhambu foram os primeiros sons alegres que ouvi ali. Pois lá estava o bicho que escolhe o próprio caminho, não mete a pata em atoleiro e sabe muito bem onde põe o bico.

Os sopros do vento levantavam espirais de pó quando me deitei de cansaço.

— Tuft, tuft, tuft, tuft, tuft...

Um barulho oco e abafado vinha do sopé do monte.

Fui espiar na boca de um buraco e avistei um tatu de carapaça dura, cor de prata suja, de pedra esmigalhada. Ele cavava e cavoucava sem parar com as presas afiadas — ai! —, ferindo a terra. Pouco a pouco foi abrindo tocas e mais tocas.

Antes do entardecer, o tatu deu uma saída. Notei que ele não enxergava bem, pois tropeçou no meu pé e disparou, correndo, no maior atropelo.

Se ele pôde enxergar sua sombra cinza, não me contou. Tudo bem. Ninguém consegue ver, no fundo, o mundo escuro que o tatu criou.

— De escuro entendo eu —
ouvi alguém dizer.

Olhei em volta e vi uma bola de penas num toco seco.

Era *urukure'á*, a coruja, que tentava conversar com as orelhas-de-pau do tronco podre:

— Tiu, ti-ti-ti... Tiu, ti-ti-ti...

Se as orelhas ouviam, não respondiam.

A *urukure'á* também não se mexia um tico. Quando o Sol começou a se esconder, ouvi seus pios de novo: eram os avisos de que a noite estava vindo.

— De escuro entendo eu — cochichou de novo a *urukure'á*. — Ele é meu.

Fiquei bem quieta. Reparei que ela, com um olhar de pião girando, tinha parado de se fazer de morta.

Esvoaçante, a *urukure'á* juntou os últimos fios brancos do dia.

Depois foi atrás dos primeiros fios pretos da noite.

Trançou os dois fios como um cipó comprido. Estalou o cipó para lá e para cá, como um chicote, e o cipó foi soltando uma poeirinha acinzentada.

Era o lusco-fusco, quando nada parece claro nem escuro.

Pisca-pisca, uauá!

Era o crepúsculo: as cores ficaram vivas, e as sombras, ainda mais cinzas.

Luze-luze, vaga-lume!

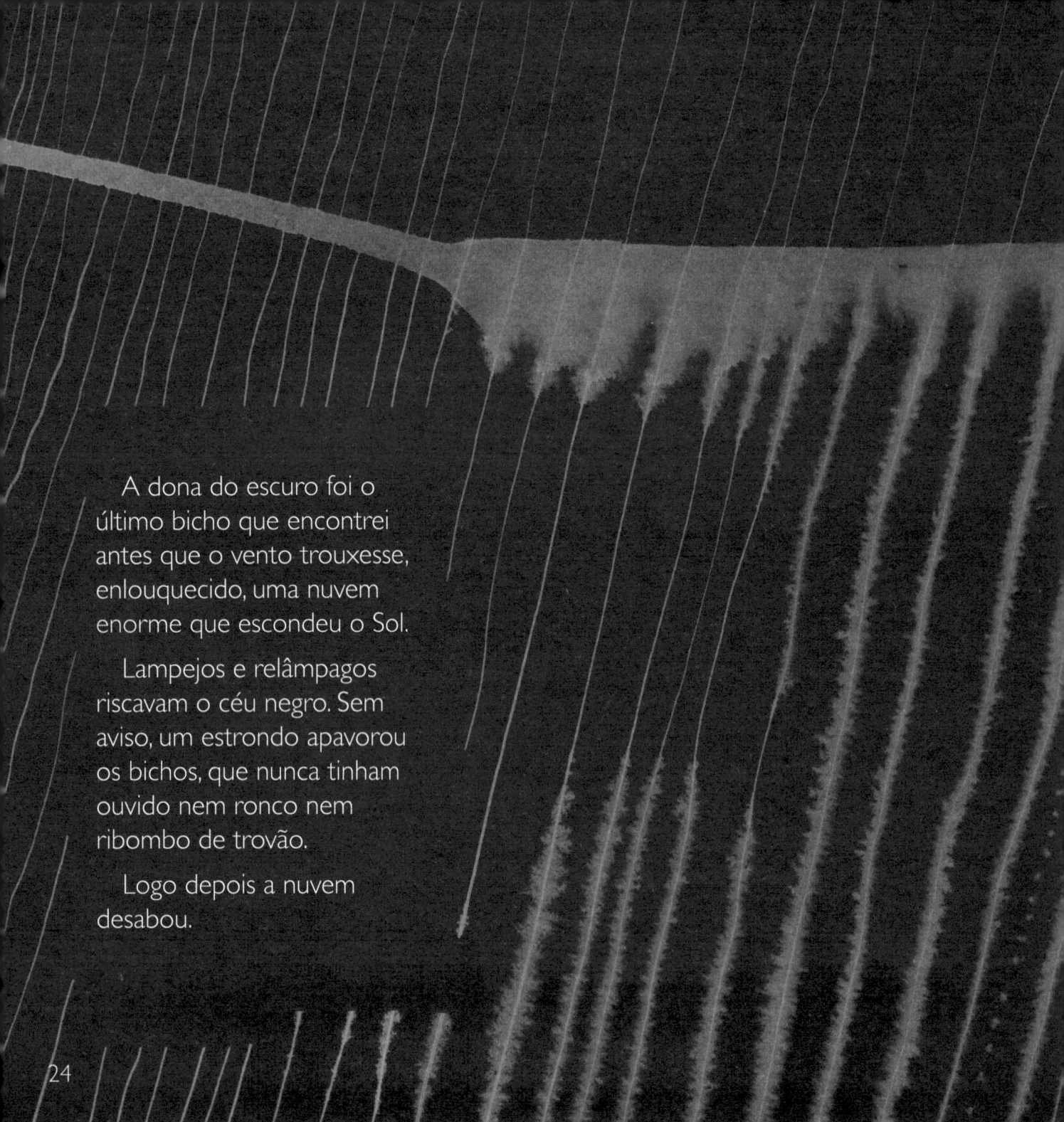

A dona do escuro foi o último bicho que encontrei antes que o vento trouxesse, enlouquecido, uma nuvem enorme que escondeu o Sol.

Lampejos e relâmpagos riscavam o céu negro. Sem aviso, um estrondo apavorou os bichos, que nunca tinham ouvido nem ronco nem ribombo de trovão.

Logo depois a nuvem desabou.

Aí foi chuva e chuva e mais chuva, e a chuva inundando tudo, e a inundação virando dilúvio, e a Primeira Terra indo por água abaixo. Desaparecendo.

Quando o vendaval começou, eu me agarrei a um uapé gigante e saí flutuando. De lá, pude ver os sete bichos se salvarem um pouco antes da inundação: partiram para uma nuvem de estrelas.

Depois disso, não sei quanto tempo se passou.

Vi uma Nova Terra surgir no lugar da Primeira Terra destruída. Vi os sete bichos da Primeira Terra numa nuvem, que cintilava como plumas de nhandu depois da chuva. Vi que eles não quiseram descer para a Nova Terra. Então, vi os bichos da Nova Terra discutindo sem parar sobre o azul de suas sombras.

Mil imagens rodavam em minha cabeça.

– Ovos de passarinho podem ser azuis. Tem serpente com os olhos azuis. O céu é azul. Artistas pintam sombras de azul. Palmeiras são azuis – eu imaginava, meio delirante.

– Caramba! Para onde estou indo?

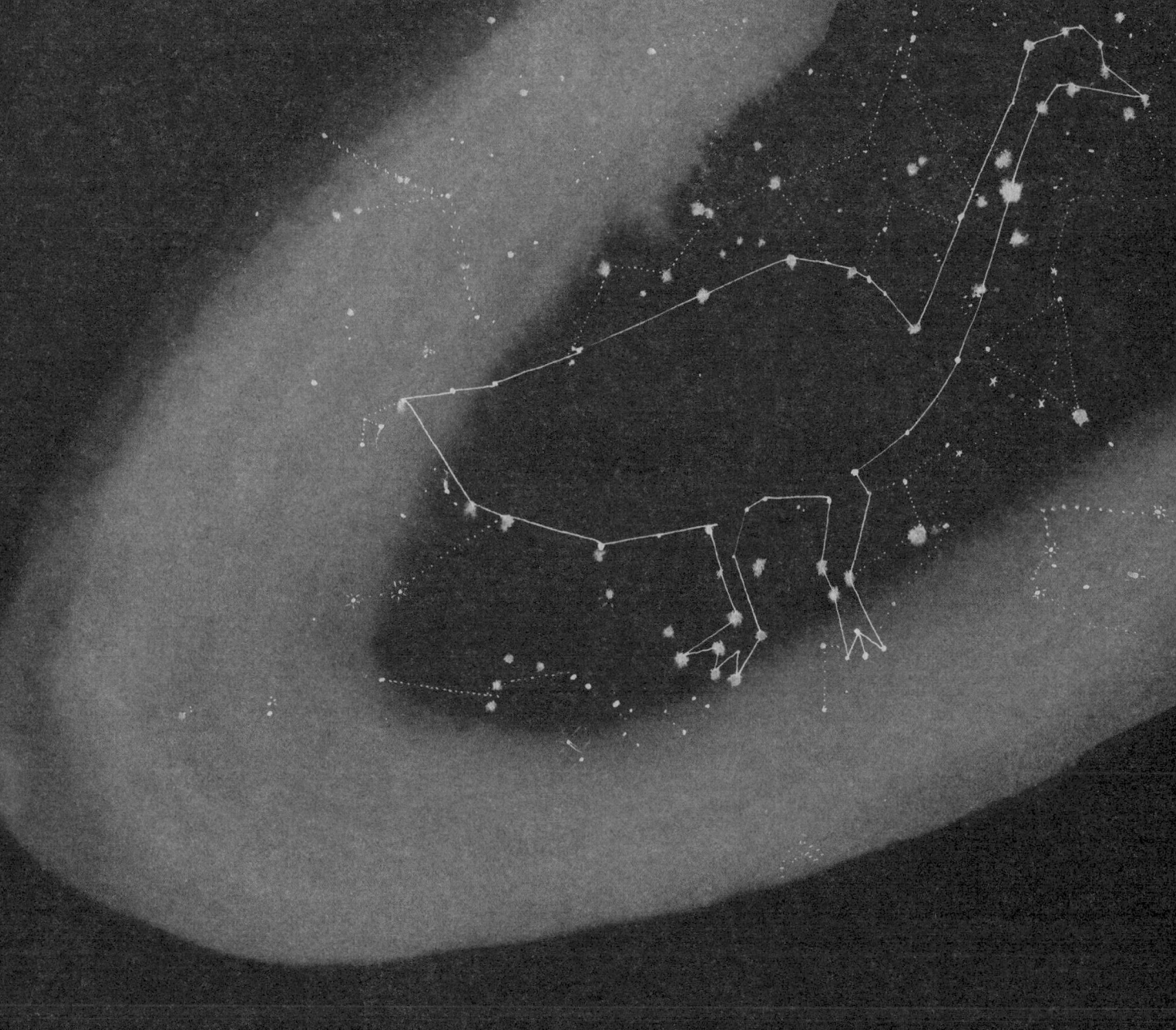

Foi quando a Lua apareceu e deixou tudo azul com sua luz.

Tudo ficou tão claro que pude ver os sete bichos da Primeira Terra caminhando lá no céu, todos azuis, fazendo trilhas sem fim entre as estrelas da Via Láctea.

Quando acordei ainda era madrugada. Apanhei um casaco e corri para ver a coruja.

— Sonhei com a *Yvy Tenonde*, a Primeira Terra dos índios Guarani — falei para ela, meio afobada. — Vi cinco palmeiras azuis lutando contra o vento, vi sete bichos andando sem parar entre as estrelas... Sete bichos azuis! E vi o brilho azul da Lua. Será que a sua sombra não está com um pouco desse azul, dona Coruja? Não será isso?

E contei todo o sonho para ela.

— Mas que raios os sete bichos estavam fazendo lá no céu? — resmungou a coruja, arqueando as sobrancelhas brancas e, nesse momento, sem dar a menor bola para a cor ou a falta de cor de sua sombra.

— Talvez estivessem em busca de uma Terra onde a floresta ainda guarde mistérios e histórias — estrilei.

E fui-me embora.

O povo Guarani

Para os índios Guarani, a Terra não tem fronteiras. Bem antigamente, vindos da Amazônia, eles viveram perto das nascentes dos rios Xingu, Araguaia e Paraguai. Pouco a pouco se expandiram para o sul do Brasil, norte da Argentina, leste da Bolívia e sul do Paraguai. No século XVI, os Guarani viviam na faixa litorânea que vai de Cananeia (SP) ao Rio Grande do Sul. Habitavam também as bacias dos rios Paraná, Uruguai e Paraguai, chegando até o norte do rio Tietê.

Estudiosos dizem que, antes da chegada dos europeus, havia mais de um milhão de Guarani vivendo nessas regiões. Sua população foi reduzida porque houve confrontos, perseguições e epidemias.

Hoje há cerca de 100 mil indivíduos Guarani, em regiões do Mato Grosso do Sul, Santa Catarina, Paraná, São Paulo, Rio de Janeiro, Espírito Santo e Bahia, e também em países vizinhos como o Paraguai, a Argentina, a Bolívia e o Uruguai. Veja no mapa onde os Guarani estavam na época pré-colombiana e onde ficam hoje.

LEGENDA

● Região onde os Guarani viviam antigamente   ● Localização atual

Quem é a autora da história

Josely Vianna Baptista nasceu em Curitiba (PR) e é poeta, escritora e tradutora. Criou a coleção Cadernos da Ameríndia, na qual publicou *Soninho com pios de periquitos ao fundo* (Tipografia do Fundo de Ouro Preto, 1996). Escreveu *A concha das mil coisas maravilhosas do Velho Caramujo*, com ilustrações de Guilherme Zamoner (Prêmio Internacional do Livro Ilustrado Infantil e Juvenil do Governo do México, 2002), entre outros títulos. A autora fez a primeira tradução poética de mitos cosmogônicos Guarani, publicados em *Roça barroca* (Cosac Naify, 2011. Prêmio Jabuti de Poesia).

Sobre a ilustradora

Sandra Jávera nasceu em São Paulo (SP) e se formou pela Faculdade de Arquitetura e Urbanismo da Universidade de São Paulo (USP). Completou seus estudos com cursos nas instituições de ensino de arte Tomie Ohtake e Museu de Arte Contemporânea da USP, no Brasil, e Parsons The New School for Design e School of Visual Arts, em Nova York, nos Estados Unidos. Desde 2012 mora em Nova York, onde trabalha como ilustradora e ceramista. Entre os livros que ilustrou, estão *Chakchuca desapareceu* (Companhia das Letrinhas, 2011), *O menino que sabia colecionar* (Panda Books, 2012) e *Esta é nossa história* (Alaúde, 2013).

REFERÊNCIAS BIBLIOGRÁFICAS

CADOGAN, León. *Ayvu rapyta. Textos míticos de los Mbyá-Guarani del Guairá*. Assunção: CEADUC-CEPAG, 1992.

CUNHA, Manuela Carneiro da (Org.). *História dos índios no Brasil*. São Paulo: Companhia das Letras/FAPESP, 1992.

NIMUENDAJU, Curt. *As lendas da criação e destruição do mundo como fundamentos da religião dos Apapocúva-Guarani*. São Paulo: HUCITEC/EDUSP, 1987.

Copyright desta edição © 2014 by Publifolhinha – selo editorial da Empresa Folha da Manhã S.A.
Copyright do texto © 2014 by Josely Maria Biscaia Vianna Baptista
Copyright das ilustrações © 2014 by Sandra Maria Lorenzon Jávera

Todos os direitos reservados. Nenhuma parte desta obra pode ser reproduzida, arquivada ou transmitida de nenhuma forma ou por nenhum meio sem a permissão expressa e por escrito da Empresa Folha da Manhã S.A., detentora do selo editorial Publifolhinha.

Editora: Mônica Rodrigues da Costa
Preparação de texto: Camila Prado
Revisão: Adriane Piscitelli, Lila Zanetti, Marina Della Valle e Poliana Oliveira
Coordenadora de produção gráfica: Mariana Metidieri

Dados Internacionais de Catalogação na Publicação (CIP)
(Câmara Brasileira do Livro, SP, Brasil)

Baptista, Josely Vianna
  Os sete bichos da primeira terra e suas sombras / Josely Vianna Baptista ; ilustrações de Sandra Jávera. – São Paulo : Publifolhinha, 2014.

  ISBN 978-85-8233-055-5

  1. Contos indígenas - Literatura infantojuvenil I. Jávera, Sandra. II. Título.

14-02461   CDD-028.5

Índices para catálogo sistemático:
1. Contos indígenas : Literatura infantil 028.5
2. Contos indígenas : Literatura infantojuvenil 028.5

Este livro segue as regras do Acordo Ortográfico da Língua Portuguesa (1990), em vigor desde 1º de janeiro de 2009.

Impresso na Corprint sobre papel pólen bold 90 g/m² em abril de 2014.

Publifolhinha
Al. Barão de Limeira, 401, 6º andar
CEP 01202-900, São Paulo, SP
Tel.: (11) 3224-2186/2187/2197
www.publifolha.com.br